U0165858

日語單字速讀

Clothing

日語單字速讀

衣 服

Clothing

衣服

❶上衣

上衣類的總稱	アウターウエア[6]
上半身服裝	トップス[1]
服裝	服装（ふくそう）[0]
T 恤	ティーシャツ[0]
棉 T	スウェットシャツ[5]
橫條紋 T 恤	ボーダーティーシャツ[5]
少女 T 恤	ガールズティーシャツ[5]
V 字領針織衫	ブィニット[3]、Vニット
大衣、外套	コート[1]、オーバーコート[5]、外套（がいとう）[0]

衣服

運動外套、西裝外套	ブレザー②
及膝羊毛外套	ひざたけウールコート⑧
毛皮外套	ファーコート④
牛仔外套	ジーンズジャンパー⑤
棉質外套	コットンジャケット⑤
粗呢大衣	ツイードコート⑤
短大衣	ハーフコート④
仿羊皮大衣	フェイクムートンコート⑧
羽絨外套	ダウンコート④
羽絨衣	ダウンジャケット④

衣服

薄外套	スプリングコート⑥
鋪棉外套	キルティングコート⑥
翻領雙排釦外套	ピーコート③
雙面短外套	リバーシブルジャンパー⑦
女性便服	カジュアルドレス⑤
女洋裝、女用禮服	ドレス①
小禮服	カクテルドレス⑤
婦女晚禮服	イブニングドレス⑥
新娘禮服	ウエディングドレス⑥
燕尾服	燕尾服（えんびふく）③

衣服

內外衣之間的衣服	中着（なかぎ）2
少女服飾	ガールドレス 4
不規則條紋衫	ランダムボーダー 5
方格紋罩衫	ギンガムスモック 6
方領罩衫	スクエアネックスモック 9
毛衣	セーター 1
套頭毛衣	徳利（とっくり）セーター 5
麻花織毛衣	ケーブルニット 5
混色粗花呢毛衣	ミックスツイード 5

衣 服

水手領襯衫	セーラーカラーシャツ 8
水兵服	セーラー服(ふく) 3
牛仔連身裙	デニムワンピース 6
外出服	街着(まちぎ) 0
外衣	上着(うわぎ) 0
孕婦服	マタニティードレス 6
平常服式	カジュアルルック 5
白襯衫	ホワイトシャツ 5、ワイシャツ 0
皮夾克	革(かわ)ジャン 0
立領襯衫	スタンドカラーシャツ 8

衣服

正式服裝	フォーマルウエア[6]
休閒服	カジュアルウエア[6]
成衣	既製服(きせいふく)[2]、アパレル[0]
成套西裝	三(みっ)つ揃(ぞろ)い[3]
衣著、衣服	ウエア[2]
西式套裝	スーツ[1]
西裝	背広(せびろ)[0]
夾克	ジャケット[2][1]
男女兩用休閒服	ユニセックスカジュアルウェア[11]
男性休閒服	メンズカジュアルウェア[8]

衣服

兩件式針織衫	ツインニット 4
兩件式服裝	ツインセット 4
制服	ユニホーム 3 1
洋裝	洋服(ようふく) 0
背心	チョッキ 0
羽絨背心	ダウンベスト 4
菱形格紋背心	アーガイルベスト 6
風衣	ダスターコート 5、トレンチコート 5
夏威夷衫	アロハシャツ 4
套裝	ツーピース 3

衣服

家常服、便服	普段着（ふだんぎ）[2]
馬球衫、POLO 衫	ポロシャツ [0]
高領罩衫	ハイネックブラウス [6]
連身式服裝	ワンピース [3]
雪紡罩衫	シフォンブラウス [6]
情侶裝	ペアルック [3]
無袖衫、背心	タンクトップ [4]
襯衫	シャツ [1]
開襟羊毛衫	カーディガン [1][3]
開襟襯衫	開襟（かいきん）シャツ [5]

衣 服

圓領襯衫	丸襟（まるえり）シャツ 5
燈籠袖襯衫	パフスリーブシャツ 7
罩衫	ブラウス 2
寬罩衫	スモック 2
運動服	スポーツウエア 6
運動夾克	ジャンパー 1、ブルゾン 1
雙面夾克	リバーシブルジャケット 7
雙面服	リバーシブル 2
雨衣	レーンコート 4

衣服

❷裙子

裙子	スカート 2
A 字裙	シンプル台形（だいけい）スカート 10
小方格裙	ギンガムチェックスカート 9
及膝裙	膝丈（ひざたけ）スカート 6
有肩帶的連身襯裙、長襯裙	スリップ 2 1
百褶裙	プリーツスカート 6
刺繡裙	刺繍（ししゅう）スカート 5
直條紋裙	ストライプスカート 7

衣服

長裙	ロングスカート 5
背心裙	ジャンパースカート 6
窄裙	タイトスカート 5
格紋裙	チェックスカート 5
迷你裙	ミニスカート 4
針織裙	ニットスカート 5
荷葉裙	フリルスカート 5
蛋糕裙	ティアードスカート 6
雪紡裙	シフォンスカート 5
圍裙、工作裙	エプロン 1

衣服

復古印花裙	レトロ柄(がら)スカート 7
超短迷你裙	マイクロミニスカート 8
圓點裙	水玉(みずたま)スカート 6、ドットプリントスカート 9
運動裙	スウェットスカート 6
緊身裙	タイト 1
箱型褶裙	ボックスプリーツ 6
蓬蓬裙	ふんわりスカート 6
橫條紋裙	ボーダースカート 6

衣 服

縫綴刺繡裙	ステッチ刺繍(ししゅう)スカート 9
褲裙	キュロットスカート 6
褶裙	ギャザースカート 5
襯裙	ペチコート 3 1
胸罩連身襯裙	ブラスリップ 3
襯衫式連身裙	シャツワンピース 5
性感連身裙	セクシーワンピース 7
棉質連身裙	スウェットワンピース 7

衣服

❸褲子

褲子	ズボン[2][1]、スラックス[2]、パンツ[1]
下半身服裝	ボトムス[1]
八分褲	パンタクール[4]
女用喇叭褲	パンタロン[1]
工作褲	ワークパンツ[4]
五分褲	ハーフパンツ[4]
反摺牛仔褲	ロールアップデニム[7]
牛仔褲	ジーンズ[1]
卡布里褲	カプリパンツ[4]

衣服

卡其褲	カーキのパンツ
皮褲	レザーパンツ 4
百慕達褲	バミューダパンツ 5
吊帶褲	胸当て（むねあ）ズボン 5
低腰褲	ヒップハンガー 4
束褲	ガードル 0
男用褲	トラウザーズ 2
刷白牛仔褲	色落（いろおち）ジーンズ 5
直筒牛仔褲	ストレートデニム 6
直筒褲	ストレート 3

衣服

長束褲	ロングガードル 4
長筒伸縮褲、緊身褲	スパッツ 2
刷破牛仔褲	ダメージデニム 5
幼兒學習褲	トレーニングパンツ 7
格子褲	チェック柄（がら）パンツ 6
休閒褲	チノパンツ 3
粗呢短褲	ツイードショートパンツ 8
喇叭褲	らっぱズボン 4
棉質短褲	スウェットショートパンツ 8
棉質褲	スウェットパンツ 5

衣服

短束褲	ショートガードル4
短褲	ショートパンツ4、はんズボン3
緊身七分褲	サブリナパンツ5
緊身直筒褲	細身（ほそみ）ストレート6
襯褲	タップパンツ4
寬鬆直筒褲	ゆったりストレート7
熱褲	ホットパンツ4
抓皺褲	シャーリングパンツ6

衣 服

❹和服

和服	呉服（ごふく）0、着物（きもの）0
外褂、和服短外套	羽織（はおり）0
和服的短外褂	半纏（はんてん）3
和服腰帶	帯（おび）1
和服褶裙、和服褲裙	袴（はかま）3
長和服	長着（ながぎ）0
長袖和服	振袖（ふりそで）0
浴衣	浴衣（ゆかた）0
祭典用外褂	長伴纏（ながばんてん）3

衣 服

短袖和服	留袖（とめそで） 0
會客和服	訪問着（ほうもんぎ） 3
特等縐綢	御召縮緬（おめしちりめん） 4
銘仙綢	銘仙（めいせん） 0 3

衣服

❺內衣褲

內衣	下着（したぎ）0、肌着（はだぎ）3 0、インナー 1、インナーウエア 6
女用丁字褲	タンガ 1
女用內褲	パンティー 1
女用束腹	コルセット 3 1
女用無袖貼身襯衣	シュミーズ 2
女性貼身內褲	ショーツ 1
女襯衣、女睡衣	ランジェリー 1
小可愛內衣、細肩帶背心	キャミソール 3、カミソール 3

衣服

不透明的內衣	透（す）けない下着（したぎ）5
生理褲	サニタリーショーツ 6
全罩式胸罩	フルカップ 3
有點透明的罩衫	透（す）けるブラウス 5
低腰	ローカット 3
束腰	ウエストニッパー 5
男用內褲	ブリーフ 2
胸罩內衣	ブラジャー 2
迷你短褲	ミニショーツ 3
馬甲、背心	ベスト 1

衣服

高腰	ハイカット[3]
無肩帶小可愛	チューブトップ[4]
貼身穿的衣物	アンダーウエア[6]
罩杯	カップ[1]
睡衣	寝巻（ねまき）[0]、寝衣（ねまき）[0]、パジャマ[1]
睡袍	ネグリジェ[3][0]
調整型內衣	補正下着（ほせいしたぎ）[4]、ボディースーツ[4]
蕾絲細肩帶背心	レースキャミ[4]
襯衣	肌着（はだぎ）[3][0]

衣服

泳裝	水着(みずぎ) 0、スイムスーツ 4
比基尼	ビキニ 1
兩截式泳裝	セパレート水着(みずぎ) 6

衣 服

❻服飾相關用語

服式、樣式	ルック[1]
女用的	レディース[0]
男用的	メンズ[0]
U 型領	ユーネックライン[6]
V 型領	ブィネックライン[5]
七分袖	七分袖(しちぶそで)[3]
小高領	オフタートル[3]
反摺	ロールアップ[4]
方領	スクエアネック[5]

衣 服

打摺、縫褶	タック 1
立領	スタンドカラー 5
吊帶	ストラップ 3
衣領	襟(えり) 2
西服的衣領	カラー 1
伸縮性、彈性	伸縮性(しんしゅくせい) 0
低腰	ローライズ 1
長袖	長袖(ながそで) 0 4
前開襟	前開(まえあ)き 0
垂墜邊	ドレープ 2

衣服

流行服式	ニュールック3
高領	タートルネック5、ハイネック3
胸圍	胸囲(きょうい)1、バスト1
釦領	ボタンダウン4
復古印花	レトロ柄(がら)0
無吊帶	ストラップレス3
袖子	袖(そで)0
袖口	袖(そで)あき0
無袖	ノースリーブ4、袖無(そでな)し0
短袖	半袖(はんそで)04

衣 服

中文	日文
圓領	丸襟（まるえり）0、円領（えんりょう）0
腰身、腰圍	ウエスト 0 2
領口、開領	襟刳（えりぐり）0
領子周圍、領邊	襟元（えりもと）0 4
領型	ネックライン 4
領子	襟（えり）2
領圍	首回り（くびまわ）3
緞帶、絲帶	リボン 1
褲子摺線	ズボンのおりめ
臀部、臀圍	ヒップ 1

衣 服

明亮的	あか 明るい 0 3
深色的	ダーク 1
深藍色	るりいろ 瑠璃色 0
華麗的	はで 派手 2
樸素的	じみ 地味 2
鮮豔的	あざ 鮮やか 2
質料	そざい 素材 0
人工皮草、人造毛皮	フェークファー 4
人造皮革	イミテーションレザー 8
人造絲	レーヨン 1

衣 服

不織布	フェルト0
丹寧布、牛仔布	デニム1
化學纖維	化繊（かせん）0、化学繊維（かがくせんい）4
天鵝絨	ビロード0、ベルベット3
天鵝絨、絲絨	ベロア12
毛皮、皮草	ファー1
毛織品	けおりもの03
水手布	シャンブレー13
牛津布	オックスフォード5
尼龍	ナイロン1

衣 服

平紋布	平織（ひらおり）0
皮革	皮革（ひかく）0 2、革（かわ）2
皮革製品	皮革製品（ひかくせいひん）4
皮草	毛皮（けがわ）0、毛革（けがわ）0
仿造品	フェーク 1
印花布	プリント 0
印花布、花洋布	サラサ 1 0
合成纖維	合成纖維（ごうせいせんい）5
羊毛、純毛	ウール 1
羽二重	羽二重（はぶたえ）2 1

衣服

衣料	布地（ぬのじ）0
西陣織	西陣織（にしじんおり）0
吸汗質料	スウェット素材（そざい）5
亞麻	あま 1
亞麻布	リネン 1
府綢	ポプリン 1 0
厚布	厚地（あつじ）0
染色羊皮	ムートン 1、シープスキン 5
苧麻	苧麻（ちょま）1、ラミー 1
真皮	本革（ほんがわ）0

衣服

紡織品	織物（おりもの）[2][3]
素布、質料	素地（きじ）[1]、生地（きじ）[1]
針織品	メリヤス[0]
斜紋布	綾織（あやおり）[0]、ツイル[1]
混紡	混紡（こんぼう）[0]
粗花呢	ツイード[0][2]
雪紡綢、薄紗	シフォン[1]
麻	麻（あさ）[2]
喬其紗	ジョーゼット[1]
彈性布	ストレッチ[3]

衣 服

絨布	フリース 0 2
絲織品	絹織物（きぬおりもの） 3 4
塑料	プラスチック 4
預染色	先染（さきぞめ） 0
嗶嘰布	サージ 1
綾子	綾子（りんず） 0 1
綿	綿（わた） 2
綿布	木綿（もめん） 0、コットン 1
綿織品	綿織物（めんおりもの） 3 4
聚酯、特多龍	ポリエステル 3
撚線綢	紬（つむぎ） 0

衣服

編織物、針織品	ニット[1]
緞子	繻子(しゅす)[1]、サテン[1]
鋪棉的、衍縫	キルティング[0]
縐綢	縮緬(ちりめん)[0]
薄布	薄地(うすじ)[0]
織品、布料	ファブリック[1]
鞣皮	作(つく)り革(かわ)[0]
蠶絲、絲織品	絹(きぬ)[1]
花樣、花紋、圖樣	文様(もんよう)[0]、紋様(もんよう)[0]、柄(がら)[0]
八仙花、繡球花	紫陽花(あじさい)[0][2]

衣服

小皮球	てまり 手毬 0 1
不規則的	ランダム 1
友禪染	ゆうぜんぞめ 友禅染 0
多色條紋	だん じま 段だら縞 0
幸運草	よ ば 四つ葉 0
直條紋	たてじま 縦縞 0
金魚	きんぎょ 金魚 1
格子紋	こうし 格子 0
格子紋棉布、方格花布	ギンガム 1
格子圖案	チェック 1

衣服

豹紋	ひょうがら 豹柄 0
迷彩紋	めいさいがら 迷彩柄 0
條紋	しまがら 縞柄 0
麻花形、螺旋形	スクリュー 2
單色	むじ 無地 1
菱形格紋	アーガイルチェック 6
菊花	きく 菊 2 0
圓點圖案	みずたま 水玉 0
碎花紋	こばながら 小花柄 0
滾邊、橫條紋	ボーダー 1

衣服

橫條紋	よこじま 横縞 0
瓢蟲	てんとうむし 天道虫 3
櫻花	さくら 桜 0
鱗紋	うろこがら 鱗柄 0
鑽石般的菱形圖案	ダイヤ 0 1
其他	ほか 他 0
尺寸	すんぽう 寸法 0
上衣的尺寸	うわぎ すんぽう 上着の寸法 0
大小尺寸	サイズ 1
小	ちび 1

衣服

太緊	窮屈（きゅうくつ）1
太寬	だぶだぶ 0 1
合身、適合	ぴったり 3、 フィット 1
寬鬆地	ゆったり 3
可愛的	キュート 1
性感的	セクシー 1
衣長	着丈（きたけ）0
肩寬	肩幅（かたはば）2
長度	丈（たけ）2
長度及腰	腰丈（こしたけ）3 2 0

衣服

袖子	袖(そで) 0
袖口	袖口(そでぐち) 0、カフス 1
袖長	袖丈(そでたけ) 2 0
燈籠袖、公主袖	パフスリーブ 4
下襬	裾(すそ) 0
口袋	ポケット 2 1
件數	枚数(まいすう) 3
附帶	付(つ)き 2、附(つ)き 2
換衣服、換洗衣物	着替(きが)え 0、着換(きが)え
試穿	試着(しちゃく) 0

Clothing

配 件

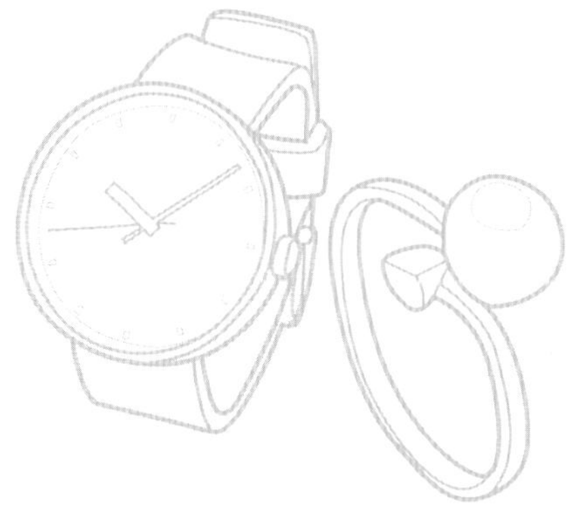

Clothing

配件

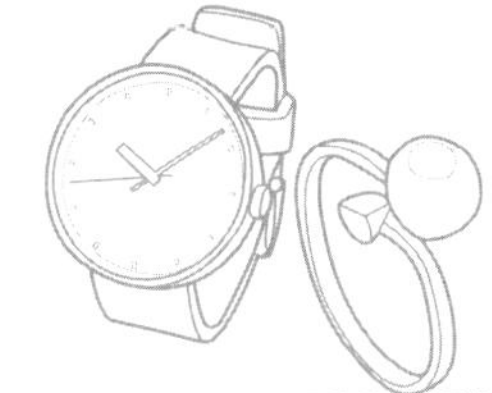

❶衣服配件

服飾	服飾（ふくしょく）0
服飾品	服飾品（ふくしょくひん）0
吊帶、襪帶	ガーター1、サスペンダー3
吊褲帶	ズボン吊（つ）り2、サスペンダー3
拉鍊	チャック1、ファスナー1
隱形拉鏈	コンシールファスナー6
面紗	ベール1
絲巾	スカーフ2
圍巾	マフラー1

配件

披肩	ストール[2]
毛皮圍巾	ファーマフラー[3]
金蔥圍巾	ラメ入(い)りマフラー[5]
針織圍巾	ニットマフラー[4]
領形圍巾	衿風(えりふう)マフラー[5]
領巾	ネッカチーフ[4]
領帶	ネクタイ[1]
領帶夾	ネクタイピン[0]
蝴蝶領結	ボータイ[3]、蝶(ちょう)ネクタイ[3]
手帕	ハンカチ[0][3]

配　件

印花頭巾	バンダナ 0
腰帶、皮帶	ベルト 0
鉚釘腰帶	パンチングはとめベルト 9
蕾絲腰帶	レーシーベルト 5
胸花	コサージュ 2
胸墊	ブラパッド 3
胸針	ブローチ 2
徽章	バッジ 0
袖釦	カフスボタン 4
領釦	カラー止(と)め 0

配件

釦子	ボタン[0]
釦眼	ボタンホール[4]、ボタン穴（あな）[2]
按釦	ホック[1]
磁性按釦	マグネットホック[6]
鉤扣	鉤（かぎ）ホック[3]
圍兜	よだれかけ[3]
和服配件	
木屐	下駄（げた）[0]
和式小提包	巾着（きんちゃく）[3][4]
包袱巾	風呂敷（ふろしき）[0]

摺扇	扇子（せんす）0、扇（おうぎ）3
團扇	団扇（うちわ）2
髮簪	簪（かんざし）0
纏頭巾、頭巾	鉢巻（はちまき）2

配件

❷帽子

帽子	ハット1、キャップ1、帽子（ぼうし）0
大禮帽	シルクハット4
工作帽	ワークキャップ4
尖頂帽	尖（とんが）り帽子（ぼうし）5
貝雷帽	ベレー1
草帽	ストローハット5、麦藁帽子（むぎわらぼうし）5
迷彩帽	迷彩帽（めいさいぼう）0
針織帽	ニットキャップ4、ニット帽（ぼう）0
粗呢帽	ツイード帽（ぼう）0 5

配件

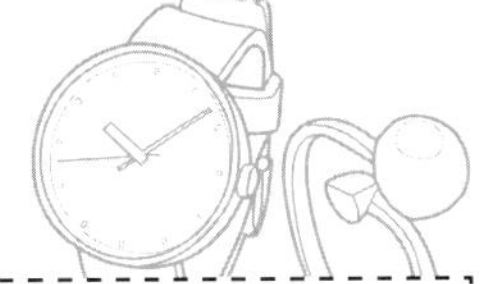

軟呢帽	中折帽子（なかおれぼうし）5
棉質帽	スウェットハット 5
遮陽帽	日（ひ）よけ帽（ぼう）0
鴨舌帽	キャップ 1
優雅淑女帽	エレガント風（ふう）ハット 8

配 件

❸襪子

襪子	靴下(くつした) 2 4
及膝襪、長筒襪	ハイソックス 3
日本式襪子	足袋(たび) 1
吊帶襪	ガーターベルト 5
泡泡襪	ルーズソックス 4
船形襪	スニーカーソックス 6
短襪	ソックス 1
絲襪	ストッキング 2
過膝長襪	オーバーニーソックス 7

配件

緊身褲襪	タイツ 1
網狀緊身褲襪	網(あみ)タイツ 3
褲襪	パンティーストッキング 6

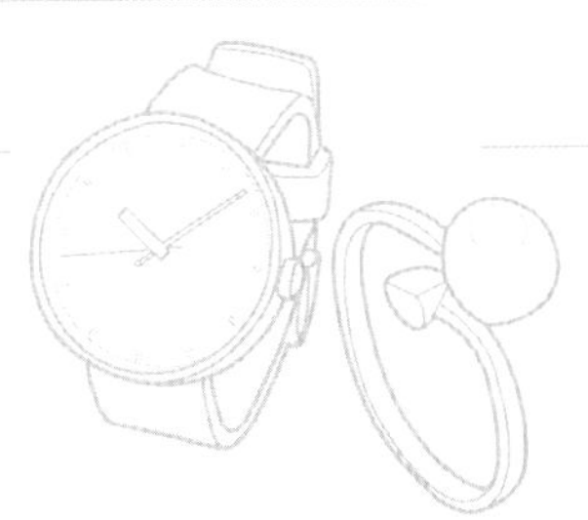

配件

❹鞋子

鞋子	靴(くつ)2、沓(くつ)2、履(くつ)2、シューズ1
鞋類	履物(はきもの)0
日式木屐	下駄(げた)0
木製涼鞋	ウッドサンダル4
包鞋、舞鞋	パンプス0
半筒靴	ハーフブーツ4
平底涼鞋	ペタンコサンダル5
平底鞋	ペタンコ靴(ぐつ)6
皮鞋	革靴(かわぐつ)0

配件

休閒靴	ハイキング用靴（ようぐつ）8
休閒鞋	カジュアルシューズ 5
尖頭包鞋	とんがりあたまパンプス 8
扣帶鞋	ストラップ靴（ぐつ）6
低跟鞋	ローヒール 3
和服用人字拖鞋	草履（ぞうり）0
拖鞋	スリッパ 1 2、部屋履き（へやばき）0
芭蕾舞鞋	トーシューズ 3
長筒靴	ロングブーツ 4、長靴（ながぐつ）0

配件

威靈頓靴	ゴム長靴（ながぐつ）[3]
海灘鞋	ビーチサンダル [4]
高級女用涼鞋	ミュール [1][0]
高跟鞋	ハイヒール [3]
涼鞋	サンダル [0][1]
短筒靴	踝丈（くるぶしたけ）ブーツ [7]
短筒鞋	短靴（たんぐつ）[0]
塑膠鞋	ケミカルシューズ [5]
楔形底鞋	ウエッジソール [5]
綁帶鞋	ひも靴（ぐつ）[0]

配件

運動鞋	スニーカー2、スポーツシューズ5
靴子、高筒鞋	ブーツ1
慢跑鞋	ランニングシューズ6
輕便皮鞋	ローファー1
懶人鞋	スリッポン2
膠底鞋	ラバーソール4
繡花涼鞋	花柄刺繍（はながらししゅう）ミュール8
鏤花包鞋	カットワークパンプス7
籃球鞋	バスケットシューズ6

鞋舌	舌革（したがわ）[0]
鞋底	靴底（くつぞこ）[0]
鞋跟	かかと[0]、ヒール[0]
鞋帶	ひも[0]
鞋帶孔	はと目（め）[0][3]

配件

❺首飾

珠寶	ジュエリー [1]
白金	ホワイトゴールト [5]
黃金	黄金（おうごん）[0]、ゴールド [1]
純金	純金（じゅんきん）[0]
銀	シルバー [1]、銀（ぎん）[1]
玉	玉石（たまいし）[0] [2]
黑玉	黒玉（くろだま）[0]
寶石	宝石（ほうせき）[0]
紅寶石	ルビー [1]
藍寶石	サファイア [2]

配件

黃寶石	黄玉(こうぎょく) 0、トパーズ 1 2
綠寶石	エメラルド 3
蛋白石	オパール 2、蛋白石(たんぱくせき) 4 3
貓眼石	キャッツアイ 4、猫目石(ねこめいし) 3
水晶	水晶(すいしょう) 1
紫水晶	紫水晶(むらさきずいしょう) 5、アメシスト 3
黃水晶	シトリン 1、黄水晶(きずいしょう) 2
瑪瑙	瑪瑙(めのう) 1 0 2
珊瑚	珊瑚(さんご) 1

配件

象牙	象牙（ぞうげ）[0][3]、アイボリー[1]
翡翠	翡翠（ひすい）[1][0]
琥珀	琥珀（こはく）[0]、アンバー[1]
鑽石	ダイヤモンド[4]
鑽戒	ダイヤモンドリング[7]
克拉	カラット[2][1]
珍珠	真珠（しんじゅ）[0]、パール[1]
珍珠戒指	パールリング[4][0]
珍珠項鍊	真珠（しんじゅ）のネックレス[5]
耳環	イヤリング[1]

配件

穿洞耳環	ピアス[1]
迷你耳環	プチピアス[3]
鑽石耳環	ダイヤモンドピアス[7]
項鍊	首飾り（くびかざり）[3]、首輪（くびわ）[0]、ネックレス[1]
頸環	チョーカー[1]
墜子	ペンダント[1]
手鍊、手環	腕輪（うでわ）[0]、ブレスレット[2]
銀手環	シルバーブレスレット[8]
皮革手環	革（かわ）のブレス[4]

配 件

手鐲	バングル[1]
古董手錶	アンティーク腕時計（うでどけい）[8]
戒指	リング[1]
金戒子	ゴールドリング[5]
白金戒子	プラチナリング[5]
訂婚戒指	エンゲージリング[6]
婚戒	マリッジリング[5]、結婚指輪（けっこんゆびわ）[5]
訂做婚戒	結婚指輪（けっこんゆびわ）オーダーメイド
珠寶盒	宝石箱（ほうせきばこ）[4]

配件

❻包包

皮包	かばん⓪、バッグ①
名牌包	ブランドバッグ⑤
手提包（女用）	ハンドバッグ④
手提包	クラッチバッグ⑤
肩包	ショルダーバッグ⑤
公事包	ブリーフケース⑤、アタッシュケース⑤、書類（しょるい）かばん④
竹提把包	バンブーバッグ⑤
皮革托特包	レザートート④
波士頓包	ボストンバッグ⑤

配件

錢包	財布（さいふ）[0]、金入れ（かねい）[3][4]、パース[1]
鈔票夾	紙入れ（かみい）[4][3]、札入れ（さつい）[4][0][3]
對摺皮夾	二（ふた）つおり財布（さいふ）[6]
三摺皮夾	三（みっ）つおり財布（さいふ）[6]
零錢包	小銭入れ（こぜにい）[3][4]、コインケース[4]
托特包	トートバッグ[4]
棉布托特包	コットントート[5]
尼龍包	ナイロントート[5]
蘇格蘭包	チェックトート[4]

配 件

牛仔手提包	デニムトート4
鑰匙包	キーケース3
小物包	ポーチ1
化妝包	けしょうポーチ4
有拉鏈的小包包	ファスナーポーチ5
後背包	リュックサック4
手提箱	スーツケース4
旅行箱	ポートマントー4

頭 髮

頭髮

❶美髮

頭髮	かみのけ[3]
洗髮精	シャンプー[1]
柔絲洗髮精	シルキーサプライシャンプー[9]
潤絲精、潤髮乳	コンディショナー[3]、リンス[1]
柔絲潤髮乳	シルキーサプライコンディショナー[12]
整髮液	整髮料（せいはつりょう）[4]
定型噴霧	スタイルキープスプレー[9]
髮膠	ジェル[1]
噴霧式髮膠	ヘアスプレー[4][5]

頭　髮

髮蠟、髮油	ポマード 2
造型髮蠟	デザイニングワックス 7
男用髮蠟	コスメチック 4
捲髮慕絲	ヘアムース 3
燙髮	パーマ 1
反捲燙	リバースパーマ 5
夾子燙	ピンパーマ 3
彈性燙	ボディパーマ 3
螺旋燙	スパイラルパーマ 1
扭轉燙	ツイストパーマ 5

頭髮

混合燙	ミックスパーマ 5
直髮燙、離子燙	ストレートパーマ 6
髮尾燙	毛先巻き（けさきま）パーマ 6
染髮	毛染め（けぞめ） 0、染毛（せんもう） 0、染髪（せんぱつ） 0、ヘアダイ 3
染髮劑	ヘアカラー 3
染髮劑（暫時性）	カラーリンス 4
護髮	ヘアケア 3、トリートメント 2
生髮水	育毛剤（いくもうざい） 0
護髮水	ヘアリキッド 3 4

頭髮

髮型	髮型(かみがた) 0、ヘアスタイル 4
直髮	ストレートヘア 6
平頭	角刈り(かくが) 0
鮑伯頭	ボブ 1
短髮	ショート 1
中短髮	ミディアム 1
中長髮	セミロング 3
長髮	長髪(ちょうはつ) 0
波浪	ウエーブ 2
大波浪	ソバージュ 2

頭髮

高層次剪法	レイヤードカット[6]、段(だん)カット[3]
羽毛剪	シャギー[1]
娃娃頭	御河童(おかっぱ)[0]
洋娃娃捲髮	お人形(にんぎょう)カール[6]
瀏海	前髪(まえがみ)[0]
綁辮子	三(み)つ編(あ)み[0]、三(み)つ組(ぐ)み[0]
馬尾	ポニーテール[4]
假髮	鬘(かつら)[0]、ウィッグ[2]
中分頭	センターパート[5]

頭　髮

飛機頭（男子髮型）	リーゼント 1
爆炸頭	アフロヘア 4、アフロ 1
工具	ツール 1
吹風機	ドライヤー 0 2
推子、剪髮器	バリカン 0
電動剪髮器	電気（でんき）バリカン 5
捲髮器	鏝（こて） 0、カーラー 0、ピンカール 3
電熱髮捲	カートリッジ 4 1
平板燙夾	ストレートアイロン 6

頭 髮

梳子	櫛（くし）[2]、ヘアブラシ[3]
髮梳	コーム[1]
篦梳	梳（す）き櫛（ぐし）[0]
髮飾	ヘアアクセサリー[3]
髮針、髮夾	ヘアピン[0]
大髮夾	クリップ[1][2]
髮帶	ヘアバンド[3]
髮圈、髮箍	カチューシャ[0]
綁髮橡皮圈	ヘアゴム[0][3]
做造型	セット[1]

頭髮

分邊（頭髮）	分(わ)ける 2
剃	剃(そ)る 1
用梳子梳	くしでとかす
用吹風機吹乾	ドライヤーで乾(かわ)かす
理髮店	理髪店(りはつてん) 3 2

頭髮

❷髮色

髮色	髮の色（かみ いろ）
金髮	金髪（きんぱつ）[0]、ブロンド[0]
茶色髮	茶髪（ちゃぱつ）[0]
銀髮	銀髪（ぎんぱつ）[0]
天然的	ナチュラル[1]
淡的、亮的	ライト[1]
深的、暗的	ダーク[1]
黑色	黒（くろ）[1]
白色	白（しろ）[1]

頭髮

灰色	グレー[2]、灰色(はいいろ)[0]、鼠色(ねずみいろ)[0]
灰白色	オフホワイト[4]
深灰色	チャコールグレー[6]
紅色	赤(あか)[1]、レッド[1]
粉紅色、淡紅色	ピンク[1]
糖果粉紅	シュガーピンク[4]
深紅	真(ま)っ赤(か)[3]
寶石紅	ルビーレッド[4]
橘色	オレンジ[2]

頭髮

黃色	黃色（おうしょく）0
檸檬黃	シトリンイエロー 6
綠色	グリーン 2
翠綠	エメラルドグリーン 7
苔綠色	モスグリーン 4
橄欖綠	ペリドットグリーン 7
青綠色	ターコイズブルー 7
藍色	青（あお）1、ブルー 2
粉藍、淡藍色	ベビーブルー 5
深藍色	こん 1

頭髮

海軍藍、深藍	ネービーブルー 6
紫色	パープル 1、バイオレット 4 1
藍紫色	ブルーバイオレット 4
櫻桃紫	チェリーパープル 4
栗色	マロン 1
卡其色	カーキ色(いろ) 0
深棕色	焦(こ)げ茶色(ちゃいろ) 0
褐色	褐色(かっしょく) 0
淺褐色	ベージュ 0
咖啡色	ブラウン 2

名牌精品

名牌精品

名牌	ネームプレート5
BALLY	バリー1
BURBERRY	バーバリー3
BVLGARI	ブルガリ0
CELINE	セリーヌ2
COACH	コーチ1
FENDI	フェンディ1
Folli Follie	フォリフォリ4
MARC JACOBS	マークジェイコブス7
MIU MIU	ミュウミュウ1

名牌精品

PRADA	プラダ 1
RALPH LAUREN	ラルフローレン 4
YSL	イヴサンローラン 5
凡賽斯	ヴェルサーチ 3
卡文克萊	カルバンクライン 6
卡地亞	カルチェ 1
古馳	グッチ 1
亞曼尼	アルマーニ 3
佳麗寶	カネボウ 3
迪奧	ディオール 0

名牌精品

香奈兒	シャネル 1
高絲	コーセー 1
第凡內	ティファニー 3
勞力士	ロレックス 2
費洛加蒙	フェラガモ 0
愛馬仕	エルメス 1
資生堂	資生堂（しせいどう） 0
路易威登	ルイビトン 3
歐米茄	オメガ 1
蘭蔻	ランコム 3

Clothing 

生活會話

Phrases 

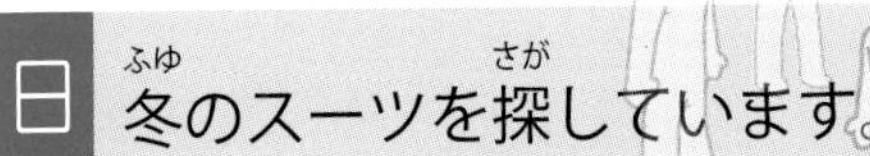

日　冬(ふゆ)のスーツを探(さが)しています。

中　我在找冬天的套裝。

日　サイズは４０(よんじゅう)だと思(おも)います。

中　尺寸應該是40。

日　このコートのデザイン好(す)きだな。

中　我喜歡這個大衣的設計。

日　試着(しちゃく)できますか。

中　可以試穿嗎？

日　どうぞう。試着室(しちゃくしつ)はこちらです。

中　歡迎。更衣室在這裡。

日　サイズは合(あ)いますか。

中　大小可以嗎？

日 サイズを直(なお)してもらえますか。

中 可以幫我改一下大小嗎？

日 すそを少(すこ)し短(みじか)くしてください。

中 幫我把袖子改短一點。

日 サンダルを探(さが)しています。

中 我在找涼鞋。

日 どんなサンダルですか。

中 找什麼樣的涼鞋呢？

日 ペタンコサンダルです。

中 我在找平底涼鞋。

日 父(ちち)に贈(おく)るネクタイを探(さが)しているんです。

中 我在找要送給父親的領帶。

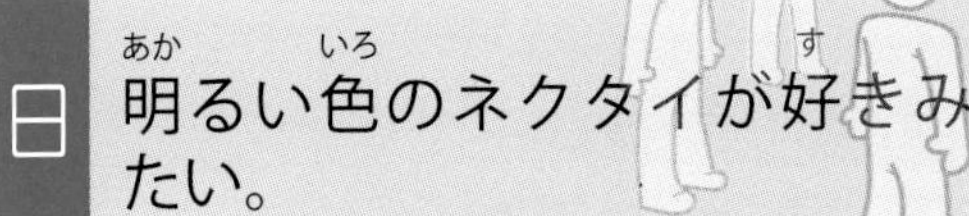

日 明るい色のネクタイが好きみたい。

中 他好像喜歡顏色亮一點的領帶。

日 あのカバン、ちょっと見せてもらえませんか。

中 可以讓我看一下那個包包嗎？

日 手前の列の左から２番目のものです。

中 最靠近您那排的從左數過來第2個。

日 そのシャツをクリーニングに出しておいてくれる。

中 可以幫我把這件襯衫拿去送洗嗎？

日 このスカーフ、私にぴったりよ。

中 這個領巾，真適合我。

日 ミニスカートは流行遅れ(りゅうこうおく)です。

中 迷你裙已經不流行了。

日 古(ふる)い型(がた)のジーンズが好(す)きです。

中 我喜歡舊式的牛仔褲。

日 このズボンはノーアイロンで大丈夫(だいじょうぶ)です。

中 這條褲子不燙也可以。

日 革(かわ)のブレスが好(す)きです。

中 我喜歡皮革製的手環。

日 このピアスのデザインはとてもユーニックです。

中 這副耳環的設計非常獨特。

日	彼女(かのじょ)、洋服(ようふく)のセンスが抜群(ばつぐん)だよ。
中	她對衣服的品味超好。
日	浴衣(ゆかた)を着(き)て、花火大会(はなびたいかい)へ行(い)こう。
中	我們穿浴衣去煙火大會吧。
日	今(いま)、トートバッグが流行(はや)っています。
中	時下托特包正流行。
日	このドレスはちょっと派手(はで)すぎです。
中	這件裙子有點太華麗了。
日	このセーターは洗濯(せんたく)したら縮(ちぢ)みますか。
中	這件毛衣洗了會不會縮水？

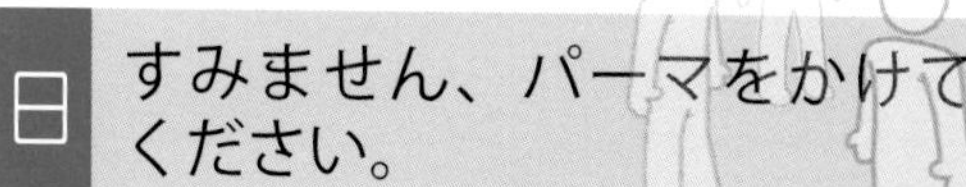

日 すみません、パーマをかけてください。

中 不好意思，請幫我燙髮。

日 ヘアダイした金髪(きんぱつ)を黒(くろ)く染(そ)めてくれる。

中 可以幫我把金色的頭髮染回黑色嗎？

日 あら、シャンプーとコンディショナーが切(き)れそう。買(か)わないと。

中 啊，洗髮精和潤髮乳都快沒了。得買了。

日 このダイヤモンド、本物(ほんもの)かしら？

中 這個鑽石是真的嗎？

これ、偽物（にせもの）だと思（お）います。

中 我覺得那是假的。

生活會話

Phrases

生活會話

Phrases 

生活會話

Phrases

生活會話

Phrases

國家圖書館出版品預行編目資料

日語單字速讀：衣／日語編輯小組編著. --初版--. --臺北市：書泉, 2012.05
面；　公分
ISBN 978-986-121-748-2
（平裝）
1. 日語　2. 詞彙
803.12　　101004932

3AJ2

日語單字速讀～衣

主　　編 — 日語編輯小組
發 行 人 — 楊榮川
總 編 輯 — 王翠華
封面設計 — 吳佳臻
出 版 者 — 書泉出版社
地　　址：106台北市大安區和平東路二段339號4樓
電　　話：(02)2705-5066
傳　　真：(02)2706-6100
網　　址：http://www.wunan.com.tw
電子郵件：shuchuan@shuchuan.com.tw
劃撥帳號：01303853
戶　　名：書泉出版社

總 經 銷：聯寶國際文化事業有限公司
電　　話：(02)2695-4083
地　　址：新北市汐止區康寧街169巷27號8樓

法律顧問　元貞聯合法律事務所
　　　　　張澤平律師

出版日期　2012年5月初版一刷
定　　價　新臺幣100元